D0933521

¡CUÁNTAS EMOCIONES!

Tanto si somos mayores como pequeños, todos tenemos en el corazón un armario lleno de emociones. Duermen en nosotros como semillas. El miedo a afrontar lo desconocido, cuando se es tímido, es una de ellas. Nos retraemos. Nos cerramos. Construimos un muro a nuestro alrededor a modo de burbuja.
He aquí cómo esta inquietud apareció un día en el corazón de Fidel. La vida siempre nos pone obstáculos, aunque también sabe echarnos una mano.

Kochka

Para Aurélien. **K.**

Para Bruce, mi burbuja... **S. B.**

Puedes consultar nuestro catálogo en www.picarona.net

Una burbuja de timidez para Fidel
Texto: *Kochka*
Ilustraciones: *Sophie Bouxom*

1.ª edición: enero de 2020

Título original: *Une bulle de timidité pour Gabin*

Traducción: *Pilar Guerrero*
Maquetación: *Montse Martín*
Corrección: *Sara Moreno*

Edita: Picarona, sello infantil de Ediciones Obelisco, S.L.
Collita, 23-25. Pol. Ind. Molí de la Bastida
08191 Rubí - Barcelona - España
Tel. 93 309 85 25 - Fax 93 309 85 23
E-mail: picarona@picarona.net

ISBN: 978-84-9145-332-1
Depósito Legal: B-24.336-2019

Printed in Portugal

Texto:
KOCHKA

Ilustraciones:
SOPHIE
BOUXOM

Una burbuja de timidez para Fidel

Consejos para los padres
LOUISON NIELMAN

Es tiempo de despedidas.
La familia de Fidel se muda.
Papá ha encontrado un trabajo en otra ciudad.
Todo el contenido de la casa tiene que meterse en cajas.
Hay cajas frágiles, hay cajas pesadas y también las hay importantes.

Y también está la cesta de Kitkat,
la gatita que siempre está contenta.
Fidel la adora. ¡Y tiene los ojos verdes!

Luego están las cajas de Fidel:
las de sus colores, las de sus cochecitos
y sus artefactos espaciales, las de sus héroes,
sus peluches y su ropa.

Las cierran con dos vueltas de precinto y,
para saber lo que hay dentro,
mamá les ha pegado etiquetas.
Y Sibila, la hermana mayor de Fidel,
ha pegado adhesivos de colores
porque Fidel aún no sabe leer.

Pero lo que pone triste a Fidel es que no puede meter a sus amigos en cajas: Clemente, el diablillo, y Aurelio, el colega, que le tienden la mano cuando lo necesita. Ni a su maestra Verónica, que le sonríe todas las mañanas.

—¡No eres tú solo! –le dice su hermana–.
¡Yo también dejo aquí a mis amigas!

Fidel saca a Kitkat de una caja.
La gata se mete en todas las cajas que ve abiertas, la muy pillina.
—¡Pues yo sé de una que está deseando irse! –sonríe Sibila–.
¡No quiere que nos la olvidemos!

—No nos vamos a olvidar de nadie –dice mamá–.
Y llevaremos en el corazón a los que dejamos aquí.
—¡Sí, pero no es lo mismo! –dice Fidel–. ¡No podremos jugar con ellos!
—En eso tienes razón –confirma la mamá–. Pero cuando la gente
se va, el corazón se hace más grande para dar cabida
a los nuevos amigos.

Pero Fidel no puede creer a su madre.
Sin Clemente y sin Aurelio, se acabó.
¡Su corazón se habrá cerrado para siempre!
Fidel se ha puesto precinto en el corazón igual
que ha hecho mamá con las cajas.

Y finalmente se van. El coche arranca.

Hay que llegar a la nueva casa
antes que el camión de mudanzas.
Han ido en coche durante horas.

Por fin han llegado.

—Éstos son vuestros dormitorios –dice mamá señalando dos habitaciones vacías.

Fidel se detiene en el umbral de la suya.
—Esta noche –dice papá–, dormiremos sobre los colchones, y mañana, mientras conocéis la nueva escuela, mamá y yo lo arreglaremos todo. Cuando volváis, vuestros armarios y vuestras camas estarán montadas como por arte de magia...

Para Fidel, su primera noche en la casa nueva es terrible.
Una nueva clase, una nueva maestra, nuevos compañeros...
Todo lo que sueña le parece horroroso.

Por la mañana, Sibilia entra en la escuela la primera.
Toma a su hermano en brazos.

—Tranquilo, sólo será un momento difícil.
Vamos a ser valientes los dos, ¿vale?

Fidel la ve alejarse con los ojos llenos de lágrimas.
Él quisiera ser más fuerte, pero es muy difícil.
Se siente muy lejos del mundo.
Su burbuja se va haciendo cada vez más grande a su alrededor.

Le toca enfrentarse solo a su nueva escuela.
Tiene el corazón encogido y le da mucha vergüenza entrar en el aula.
Quiere esconderse. El miedo le atenaza los pies.

—¡Hola, Fidel! ¡Bienvenido! –dice la maestra.
—¡Hola, Fidel! –repiten los niños.

Pero como su corazón está cerrado y sus pies están atenazados, Fidel no ve el nuevo mundo que le sonríe.

De repente, alguien lo toma de la mano.
—¡Hola! Me llamo Cindy.

¡Fidel se asusta!

¡Lleva puesta una camiseta llena de cerezas
y sus ojos se parecen a los de Kitkat!
Parece feliz y amable.
—Ven –le dice–. La maestra ha preparado tu pegatina
y has de pegarla en la pizarra.

Y entonces Cindy lo agarra de la mano como hacía Aurelio, y **PLOF**, **PLOF**, **PLOF**, los trozos de precinto van saltando del corazón de Fidel, unos detrás de otros...

¡Hasta que la burbuja explota! Y Fidel sonríe...

A los padres...

¿Qué es la timidez?

Los niños no nacen tímidos, esta emoción se desarrolla hacia los tres años, cuando se dan cuenta de las reacciones de los demás frente a sus comportamientos. Suelen mostrarse tímidos como reacción a situaciones particulares, como le pasa a Fidel con la mudanza de su familia.

En función de sus experiencias, el niño será más o menos emprendedor y se adaptará con mayor o menor facilidad. Así, algunos niños se muestran muy retraídos por prudencia o por falta de confianza en ellos mismos.

A los niños les gusta la rutina porque les da seguridad. Los cambios los desestabilizan y suscitan emociones desbordantes. Lo más normal es que teman la observación ajena y su potencial juicio negativo. La timidez, pues, puede ser temporal, como defensa ante algo que se sospecha amenazador o inquietante. Por eso Fidel tiene miedo a enfrentarse a sus nuevos compañeros de escuela. Su miedo a sentirse desarraigado, a no poder hacer nuevos amigos, a no saber responder a sus preguntas, desencadena en él la timidez.

Pero la timidez no debe ser señalada con el dedo. Por el contrario, el niño tímido necesita sentirse seguro y acompañado para superar sus miedos. Cada experiencia positiva lo ayudará a afrontar situaciones nuevas con más seguridad.

Hay que diferenciar la timidez pasajera de la habitual, que se traduce por retraimiento sistemático, evitación de situaciones sociales y pérdida de medios. En este caso, conviene ayudar al niño a enfrentarse con el mundo y no sobreprotegerlo para no fomentar su reserva, la cual le causará problemas sociales a largo plazo.

Consejos para hacer frente a la timidez de un niño:

- Desde la más tierna edad, démosle la oportunidad de expresar sus sentimientos para desenmascarar sus miedos.

- No perdamos nunca la ocasión de felicitarlo, valorarlo y tranquilizarlo.

- En la vida cotidiana, pidámosle regularmente que vaya a hacer una pregunta a un adulto o a un niño desconocido.

- Favorezcamos las actividades de puesta en escena (teatro, danza, encuentros deportivos, espectáculos, etc.) para multiplicar sus experiencias sociales.

- No lo cataloguemos como «tímido». El niño se está formando y ponerle etiquetas arroja una imagen negativa de él.

- Mostrémonos como ejemplo, confrontándonos a situaciones intimidatorias, delante del niño.

Louison Nielman
Psicóloga clínica y psicoterapeuta